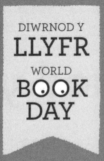

DIWRNOD Y
LLYFR
WORLD
BOOK
DAY

Mae'r llyfr Diwrnod y Llyfr 2022
hwn yn rhodd gan eich
llyfrwerthwr lleol
a'r Lolfa Cyf.

Darlunio gan Allen Fatimaharan © 2021

Darlunio Illustration
Allen Fatimaharan

Diwrnod y Llyfr

Mae'r llyfr hwn wedi cael ei greu a'i gyhoeddi'n arbennig i ddathlu Diwrnod y Llyfr.

Ein cenhadaeth, drwy gynnig llyfr, yw rhoi cyfle i bob plentyn a pherson ifanc ddarllen llyfrau a gwirioni arnynt.

Elusen sy'n cael ei hariannu gan gyhoeddwyr a llyfrwerthwyr yn y DU ac Iwerddon yw Diwrnod y Llyfr. Cyngor Llyfrau Cymru sydd yn arwain yr ymgyrch yng Nghymru trwy gefnogaeth Llywodraeth Cymru a Waterstones.

I gael mwy o wybodaeth, llawer o weithgareddau hwyliog ac argymhellion i'ch helpu i ddarllen, ewch i worldbookday.com, neu am adnoddau yn y Gymraeg ewch i llyfrau.cymru

Mae cynnal Diwrnod y Llyfr yn y DU ac Iwerddon hefyd yn bosibl yn sgil nawdd hael Tocynnau Llyfr Cenedlaethol (National Book Tokens) a chefnogaeth gan awduron a darlunwyr.

NODDIR GAN /
SPONSORED BY

NATIONAL BOOK tokens

Lledrith
yn y
Llyfrgell

Lledrith yn y Llyfrgell

Anni Llŷn

y Lolfa

Argraffiad cyntaf: 2022

Dymuna'r cyhoeddwyr gydnabod cymorth ariannol
Cyngor Llyfrau Cymru

Cynllun y clawr: Tanwen Haf

Rhif Llyfr Rhyngwladol: 978 1 80099 203 0

Cyhoeddwyd ac argraffwyd yng Nghymru gan
Y Lolfa Cyf., Talybont, Ceredigion SY24 5HE
gwefan www.ylolfa.com
e-bost ylolfa@ylolfa.com
ffôn 01970 832 304
ffacs 832 782

1

Yng nghanol Cymru, reit yn y canol, nid yn y gogledd na'r de, nid yn y gorllewin na'r dwyrain, ond yn y canol un, mae yna bentref bach o'r enw Llanswyn-ym-Mochrith. Mae'n swatio'n daclus mewn dyffryn gwyrdd rhwng y mynydd yma a'r un acw. Dyma bentref bach gyda chymeriad mawr, yn llawn bwrlwm, yn fywiog ac yn brysur.

Os cerddwch chi ben bore ar hyd y ffordd gul sy'n rhedeg trwy'r pentref fe welwch chi Cati Origami, y person post, yn eistedd yn gyfforddus ar fainc bren yn gwneud origami tra mae'r llythyrau yn hedfan ohonyn nhw eu hunain i'w cyfeiriadau fel awyrennau bychain. Os ewch chi i'r becws, bydd yn rhaid ymateb yn gyflym i gael gafael ar dorth oherwydd mae Bobi'r Pobydd yn pobi bara sy'n bownsio (... trïwch ddweud hynna'n gyflym!). Os byddech chi'n galw heibio'r ardd gymunedol, byddai Blodwen y brif arddwraig yn siŵr o ddangos i chi sut y mae hi'n gallu tyfu blodau o'i chlustiau a'u plannu'n syth yn y ddaear. Pobol felly sy'n byw yn Llanswyn-ym-Mochrith – pobol anghyffredin gyda thamaid bach o hud yn perthyn iddyn nhw.

Dwi'n dweud "pobol felly" achos dim ond y bobol sydd â gallu hudol. Does gan y plant ddim hud a lledrith. Mae pob un o drigolion Llanswyn-ym-Mochrith yn magu elfen hudol o ryw fath wrth droi yn 16 mlwydd oed. Ac mae pob elfen hudol yn gwneud eu bywydau yn haws mewn ryw ffordd.

Pawb ond Chwim, hynny yw. Wnaeth

Chwim druan ddim magu elfen hudol ar ei phen-blwydd yn 16... nac ar ei phen-blwydd yn 17, nac yn 18, nac ar unrhyw ben-blwydd ar ôl hynny. Chwim yw'r unig oedolyn yn Llanswyn-ym-Mochrith sydd heb hud.

2

MAE CHWIM YN gymeriad cymhleth. Does dim ots ganddi mai hi yw'r unig un sydd heb hud, ond eto mae hi'n gallu teimlo'n unig. Mae hi'n gallu teimlo'n unig, ond eto mae hi'n hoffi bod ar ei phen ei hun. Mae hi'n dawel ac yn swil ond eto mae ei gwallt pinc llachar, ei dillad amryliw a'i hesgidiau trwm du yn swnllyd a llawn hyder. Gall rhai feddwl ei bod yn swrth ac yn bwdlyd ond mewn gwirionedd mae hi'n garedig ac yn glyfar. Dach chi'n gweld, os byddech chi'n digwydd bod yn cerdded trwy'r pentref yn ystod oriau mân y bore, cyn i Cati Origami ddechrau ar ei gwaith, fe welech chi Chwim yn sleifio o gwmpas y lle, ac yn gadael parseli bach yma ac acw.

Llyfrau sydd yn y parseli. Llyfrau bach pleserus a hapus o'r llyfrgell hynod yng nghanol y pentref. Chwim yw llyfrgellydd Llanswyn-ym-Mochrith ac mae hi'n gosod llyfrau fel anrhegion ar hyd a lled y pentref oherwydd mae hi'n credu'n gryf y dylai pawb gael cwmni llyfr da. Roedd hi hefyd yn gobeithio y byddai hyn yn annog rhai o'r trigolion i ddefnyddio'r llyfrgell yn amlach. Y gwir amdani oedd fod pobol Llanswyn-ym-Mochrith wedi mynd yn bobol go ddiog. Roedd eu galluoedd hudol wedi gwneud iddyn nhw laesu dwylo braidd. Roedd bywyd mor hawdd iddyn nhw, doedd dim cyffro yn perthyn i neb ac yn sicr doedd gan neb ddigon o amynedd i ddarllen, wir. Anaml iawn y byddai unrhyw un yn trafferthu i agor y parseli bach, ond roedd Chwim yn dal i drio.

Rŵan 'ta, mae'n siŵr gen i eich bod chi'n meddwl fod Chwim yn enw digon od. Wel, mae Chwim yn gyflym a sionc ym mhob dim mae hi'n ei wneud, ond mae hi'n arbennig o chwim am ddarllen. Hi yw darllenydd cyflyma'r byd, heb os. Mae hi'n darllen degau o lyfrau ar garlam bob dydd. Mae hi'n darllen mor gyflym fel bod rhai yn meddwl mai dyma yw ei gallu hudol hi. Ond tydi hynny ddim yn wir. Mae hi'n darllen yn rhyfeddol o gyflym am mai dyna mae hi'n ei wneud bob dydd, trwy'r dydd. Mae'n darllen yn ei gwely, darllen wrth wisgo, darllen wrth frwsio'i dannedd, darllen wrth adael parseli, darllen wrth wthio drws mawr trwm y llyfrgell yn agored bob bore... Darllen... darllen... darllen...

Dim ond darllen yn dawel a wnâi Chwim. Darllen iddi hi ei hun, yn ei phen, heb symud ei gwefusau. Doedd hi byth yn darllen yn uchel... byth bythoedd. Roedd darllen yn uchel yn codi ofn arni.

Ond un dydd Mercher, newidiodd pethau.

3

ROEDD HI'N DDYDD Mercher go bwysig. Roedd Arolygydd Llyfrgelloedd yn dod i ymweld â Llyfrgell Llanswyn-ym-Mochrith. Mrs Surbwch oedd enw'r Arolygydd ac roedd hi'n surbwch yr olwg hefyd.

Roedd hi'n casáu Llanswyn-ym-Mochrith.

Roedd hi'n casáu hud a lledrith.

Roedd hi'n casáu Lari Lolipop, y dyn lolipop oedd yn troi'r lolipop yn lolipop go iawn wrth groesi'r ffordd.

Roedd hi'n casáu Slewjan a Sloj, yr efeilliaid oedd yn glanhau ffenestri gyda'u gwalltiau hynod o hir a heini.

Roedd hi hyd yn oed yn casáu Tomi

Bow Wow, yr hogyn annwyl oedd yn cynnig mynd â chŵn y pentref am dro drwy eu codi i gyd oddi ar y llawr i garlamu a neidio a chwarae yn yr awyr.

O ia... ac roedd Mrs Surbwch yn casáu plant hefyd.

Felly doedd y dydd Mercher hwnnw ddim yn ddiwrnod delfrydol iddi ymweld â Llyfrgell Llanswyn-ym-Mochrith o gwbwl. Ar y diwrnod hwnnw, roedd plant yr ysgol leol yn ymweld â'r llyfrgell. Roedd hynny'n golygu fod Lari Lolipop yn sefyll y tu allan i'r llyfrgell yn helpu'r plantos i groesi'r ffordd yn ddiogel wrth gael tamaid o lolipop enfawr i'w fwyta ar yr un pryd. Ar ben hynny, roedd hi hefyd yn ddiwrnod glanhau ffenestri'r llyfrgell, ac roedd Slewjan a Sloj wrthi'n chwipio'u gwalltiau ar hyd y ffenestri mawr nes bod y dŵr a'r sebon yn tasgu dros bawb a fentrai yn agos at yr adeilad.

Roedd Chwim yn nerfus – yn nerfus iawn. Roedd hi'n nerfus am fod y llyfrgell, am y tro cyntaf ers tro, yn mynd i fod yn brysur. Roedd hi mor nerfus fel nad oedd hi'n gallu canolbwyntio ar ei hoff lyfr, hyd yn oed – *Anturiaethau Gwernan yr Anturwraig o Fri yn y Jwngwl Mwyaf Mawr o'r Holl Jwnglau Sydd Erioed Wedi Bod Mewn Llyfr*. Roedd teitl hir a thrwsgwl y llyfr wedi denu Chwim yn syth ac roedd hi wedi ei ddarllen sawl tro, gan wirioni ar stori'r anturwraig fach yn dod ar draws yr holl anifeiliaid rhyfeddol. Ond dim heddiw. Gallai hi glywed chwipio a llithro'r glanhau ffenestri sebonllyd, gallai hi glywed sŵn plant yn chwerthin, a'u dwylo stici, lolipopllyd yn barod i boetsio'r tudalennau, a gallai hi glywed esgidiau sodlau pigog Mrs Surbwch yn tyllu'r llawr. Stwffiodd glustffonau i'w chlustiau i foddi'r synau rhag iddyn nhw dreiddio yn ddyfnach o dan ei chroen, a cheisiodd ymlacio.

4

MRS SURBWCH DDAETH i mewn yn gyntaf, gan sychu ei llewys lle roedd glaw-glanhau-ffenestri wedi eu gwlychu.

"Wel, dyna ddechrau gwael i'r arolygiad. Croeso gwlyb..." a dechreuodd ysgrifennu nodiadau negyddol cyn i Chwim ddweud helô wrthi, hyd yn oed.

Cododd Mrs Surbwch ei phen yn sydyn a ffroeni'r aer. "... Arogl llwch."

Ac aeth yn ei blaen i arolygu'r lle heb ddweud bw na be wrth Chwim. Sut yn y byd allai hi fod yn Arolygydd Llyfrgelloedd a hithau'n methu adnabod arogl llyfrau'n iawn?!

Anadlodd Chwim yn ddwfn. Roedd hi wrth ei bodd gyda'r arogl llychlyd ac yn wir, ymlaciodd rywfaint wrth arogli'r holl lyfrau oedd yn swatio'n glyd ar y silffoedd uchel.

Daeth y plant i mewn yn un haid, ac roedden nhw hefyd yn sebonllyd. Yn llusgo'i draed y tu ôl iddyn nhw roedd eu hathro. Doedd hwn ddim eisiau bod yno. Roedd hi'n amlwg nad oedd eisiau bod yn athro, hyd yn oed. Gitarydd oedd hwn eisiau bod, ac roedd hynny'n glir gan ei fod yn taflu lluniau o'i freuddwydion uwch ei ben mewn cwmwl. Roedd o'n un o'r rhai anlwcus nad oedd yn gallu rheoli ei allu hudol, ac yn anffodus gallai pawb weld ei freuddwydion.

"Helô..." sibrydodd Chwim wrth y plant yn ei llais addfwyn. "Croeso i Lyfrgell Llanswyn-ym-Mochrith."

Gwenodd yr athro'n ddigon cwrtais,

ond dim ond syllu arni wnaeth y plant.

"Chdi ydi'r un sy'n methu gneud hud, yndê?" meddai un, ar ôl iddo orffen llyncu ei damaid o lolipop.

"Naci'n tad," meddai un arall, "mae hi'n gallu gneud majic! Darllen yn chwim, yndê? Dyna pam ma Chwim ydi enw hi."

"Dim dyna glywais i... 'Chwim' achos bod hi 'di cael ei chatapwltio allan o fol ei mam pan ga'th hi ei geni!" meddai un arall nes eu bod nhw i gyd yn rowlio chwerthin.

Roedd chwys oer yn llifo i lawr talcen Chwim. Allai hi ddim dweud yr un gair. Cydiodd mewn pentwr o lyfrau a'u cario draw at ei desg i roi trefn arnyn nhw, heb edrych ar neb.

"Dowch rŵan, gadwch lonydd i'r llyfrgellydd. Ewch i edrych ar y llyfrau," meddai'r athro a'i fysedd o'n mynd fel tasa fo'n chwarae unawd roc uchelgeisiol ar ei gitâr Fender ddychmygol o flaen torf enfawr.

Aeth ei eiriau o dan groen Chwim. Nid "edrych" ar lyfrau, siŵr, ond eu "darllen", meddyliodd.

Aeth rhai munudau heibio wrth i Chwim guddio y tu ôl i'r pentwr llyfrau. Roedd hi'n gwylio'r plant a Mrs Surbwch drwy deledu bach y camerâu diogelwch.

5

ROEDD Y PLANT yn ymddwyn fel tasan nhw erioed wedi gweld llyfrau o'r blaen, heb sôn am unrhyw syniad beth i'w wneud â nhw. Roedd ambell un wedi adeiladu pentyrrau uchel o lyfrau ac yn eu dringo cyn neidio i lawr ar ben ei gilydd.

Roedd rhai eraill wedi gwneud rhes hir o lyfrau fel dominos, gan daro un llyfr a gwylio'r gadwyn yn disgyn, un ar ôl y llall.

Roedd dwy yn chwarae pêl-droed gyda geiriadur trwm, a fe allai Chwim daeru ei bod hi'n gweld un plentyn yn bwyta tudalennau o lyfr ryseitiau!

Yn gwylio'r cyfan ac yn ysgrifennu yn

ei llyfr nodiadau roedd Mrs Surbwch. Anelodd Chwim y camera diogelwch at ei llyfr nodiadau a gwelodd mewn llythrennau bras, "ARGYMELL: CAU'R LLYFRGELL!"

Yn sydyn, ffrwydrodd rhywbeth y tu mewn i Chwim. Cau'r llyfrgell?! Doedd hynny ddim yn bosib. Dyma ei chartref, ei byd i gyd! Cydiodd ym meicroffon bach yr uchelseinydd a siarad yn glir ac araf:

"Darlleniad arbennig yn y cylch meddal yng nghanol y llyfrgell yn dechrau mewn dau funud. Dewch i gael lle cyfforddus i eistedd a gwrando."

Cydiodd yn y llyfr *Anturiaethau Gwernan yr Anturwraig o Fri yn y Jwngwl Mwyaf Mawr o'r Holl Jwnglau Sydd Erioed Wedi Bod Mewn Llyfr* a cherdded yn benderfynol draw i ganol y llyfrgell. Roedd yn rhaid iddi ddangos bod modd mwynhau stori mewn llyfrgell, bod modd ymlacio a rhannu antur y tudalennau.

Hysiodd yr athro anobeithiol y plant i gyd wrth iddyn nhw sodro'u hunain ar y clustogau a'r seddi meddal yng nghrombil y llyfrgell. Eisteddai Chwim ar stôl fechan yn y canol. Daeth Slewjan a Sloj, hyd yn oed, i gymryd eu paned er mwyn clywed y stori. Roedd Lari Lolipop wedi sleifio i mewn i gysgodi rhag y gwynt hefyd, ond doedd fiw i Chwim ei weld gan ei bod wedi ei siarsio sawl gwaith i beidio dod â lolipops mawr sticlyd i'r llyfrgell. Arhosodd Mrs Surbwch yng nghysgodion y silffoedd i wrando.

Roedd yna tipyn o gyffro tawel, gan nad oedd neb wedi clywed Chwim yn darllen o'r blaen. Roedd pawb yn awyddus iawn, er mwyn clywed pa mor gyflym allai hi ddarllen y geiriau go iawn.

Gwyddai Chwim na fyddai neb yn ei deall hi petai hi'n darllen yn rhy chwim; roedd yn rhaid iddi drio rheoli ei hun, a darllen yn araf. Ond ar yr eiliad honno, pan dawelodd pawb gan ddisgwyl iddi ddechrau darllen, rhewodd ei chorff cyfan. Rhewodd ei dwylo, ei thafod, ei meddwl hyd yn oed... Allai hi ddim darllen yn uchel. Caeodd y llyfr yn glep.

6

Cododd Chwim ei phen. Clywodd un o'r plant yn ei wfftio ac yn dweud nad oedd yn credu y gallai hi ddarllen o gwbwl. Edrychodd Chwim y tu hwnt i'r plentyn haerllug a thu hwnt i nodau roc yr athro. Edrychodd heibio i ysgwyddau llydan Mrs Surbwch wrth i honno ysgrifennu "Llyfrgellydd methu darllen!!" yn ei nodiadau.

Edrychodd Chwim tuag at y silffoedd, ac ar y degau ar ddegau o lyfrau'n swatio'n swil yn ei gilydd fel tasai pob un ohonyn nhw'n dal eu gwynt, yn disgwyl iddi ddarllen. Penderfynodd mai nhw oedd ei chynulleidfa. Y llyfrau ar y silffoedd yn ei llyfrgell hardd hi.

Anadlodd yn ddwfn ac agor y llyfr eto.

Dechreuodd ddarllen... yn rhy gyflym... nes i bawb amau ym mha iaith roedd hi'n darllen. Roedd un o blant yr ysgol wedi synhwyro bod Chwim yn nerfus ac roedd wedi closio'n dynn wrth ei thraed.

"Ara' deg mae dal iâr," meddai'r ferch fach garedig.

Am beth cwbwl ryfedd i blentyn bach ei ddweud, meddyliodd Chwim. Ond roedd y geiriau od wedi tynnu ei sylw oddi ar ei nerfusrwydd. Dechreuodd eto, gan orfodi ei hun i ddarllen yn bwyllog.

Pwyllodd pawb a dweud y gwir, ac asio fel un ysgyfaint yn anadlu wrth wrando'n astud, astud arni'n sôn am Gwernan yr Anturwraig yn mentro i lawr afon Amason i chwilio am aderyn prin. Cryfhaodd llais Chwim wrth iddi ddarllen. Ond pan gyrhaeddodd yr olygfa lle roedd Gwernan yn mentro i grombil y jwngwl, dechreuodd glywed sŵn od yn dod o gysgodion silffoedd y llyfrgell. Sŵn rhywbeth trwm yn symud a gwthio.

"Troediodd Gwernan y ddaear amryliw, a'i llygaid yn dilyn y gwreiddiau a'r boncyffion cadarn wrth iddynt blethu o'i chwmpas," darllenodd Chwim.

Gyda'r geiriau hynny, cryfhaodd y sŵn ac aeth y llyfrgell yn dywyll.

"Aaaa!" sgrechiodd yr athro wrth iddo weld rhywbeth mawr yn symud tuag ato.

Neidiodd Chwim a'r plant ar eu traed.

"Boncyffion... a... a... gwreiddiau!!" bloeddiodd un.

Yn wir, roedd boncyffion a gwreiddiau cryf yn tyfu blith draphlith rhwng a thrwy a thros y silffoedd a'r llyfrau.

"Cwwwwwwwl!" meddai Slewjan a Sloj gan gario 'mlaen i fwyta'u brechdanau sosej oer.

"Mae'r jwngwl yn dod yn fyw!" bloeddiodd plentyn arall. Edrychodd Chwim arno mewn penbleth ac ofn!

Cydiodd y ferch oedd wedi dweud wrthi fod angen bod yn ara' deg wrth ddal iâr yn ei llaw a'i hannog i ddarllen ymlaen:

"Dal ati. Mae'r geiriau yn dod yn fyw!"

7

ROEDD Y PLANT yn chwerthin ac yn dringo'r boncyffion, yn amlwg wrth eu boddau. Trodd pob un yn ei dro a galw ar Chwim,

"Dal ati i ddarllen, Chwim. Dal ati!"

Aeth Chwim yn ôl at y llyfr a darllen, gan gyflymu'r darlleniad.

"Hedfanodd dau barot macáw uwch ei phen... Sgrialodd Gwernan ar ôl y mwnci Tamarin ymerodrol drygionus oedd wedi dwyn ei chinio... Arhosodd yn gwbwl lonydd wrth i'r broga bach lliwgar, hynod o wenwynig neidio heibio ei llaw..."

"Edrycha arnon ni, Chwim!!" bloeddiodd llais bach uwch ei phen.

Cododd Chwim ei phen o'r llyfr. Roedd y plant wedi diflannu ac yn eu lle, roedd mwncïod bach barfog, yn union fel y rhai Tamarin ymerodrol yn y llyfr. Roedd Slewjan a Sloj wedi troi'n ddau barot macáw swnllyd. Yn wir, roedd pob anifail roedd Chwim wedi ei enwi yno o'i blaen... yn y llyfrgell. Yna cofiodd iddi ddarllen am y broga bach gwenwynig – y mwyaf gwenwynig o holl anifeiliaid y byd!

Edrychodd o'i chwmpas yn gyflym. Tybed oedd y broga bach gwenwynig yn beryglus go iawn? Oedd o yn y llyfrgell hefyd? Yna fe'i gwelodd o'n sydyn o gornel ei llygad, yn sownd ar lolipop sticlyd enfawr.

"Chwim. Chwim," meddai'r broga bach.

"Lari Lolipop?!" rhyfeddodd Chwim.

"Be sy'n mynd ymlaen?!" Allai Lari ddim symud oddi ar y lolipop, diolch byth.

"Paid â chyffwrdd yn neb," meddai Chwim wrtho. "Rwyt ti'n andros o wenwynig!!"

Dyna pryd y sylweddolodd Chwim ar gudyn o'i gwallt ei hun yn hongian dros ei hysgwydd. Doedd o ddim yn binc mwyach ond roedd o'n ddu, yn union yr un lliw â gwallt Gwernan yn y stori.

Yn sydyn, cyn iddi allu gwneud dim arall, clywodd y plant, neu'n hytrach y mwncïod Tamarin, yn sgrechian a sgrialu mewn ofn. Daethon nhw i gyd amdani'n wyllt gan ei tharo i'r llawr. Gollyngodd y llyfr a tharo'i phen yn erbyn bocs llyfrau plant bach oedd wrth y seddi meddal. Crawciodd Slewjan a Sloj wrth ei gweld, gan hedfan i lawr ati.

Cododd Chwim ar ei heistedd a rhwbio'i phen, a dyna pryd y gwelodd pam fod pawb wedi sgrialu mewn ofn. Gwelodd ddannedd miniog a llygaid milain y jagiwar.

8

"Mrs Surbwch?" sibrydodd Chwim. "O'r diwedd. Ychydig o barch yn y lle 'ma!" rhuodd y jagiwar, gan godi ofn ar bawb.

Roedd meddwl Chwim yn mynd ar ras. Ceisiodd gael gafael ar y llyfr. Yr unig beth oedd yn gwneud synnwyr iddi rŵan oedd bod rhaid iddi ddarllen y llyfr hyd at y diwedd mor gyflym ag y gallai er mwyn dod â'r jwngwl go iawn yma i ben! Ond roedd y llyfr wedi hedfan oddi wrthi pan syrthiodd i'r llawr. Felly cydiodd yn y llyfr agosaf ati yn y bocs llyfrau plant bach.

"Sali Mali a Jac y Jwc?!" ebychodd dan ei gwynt. Pam na fyddai hi rywsut wedi gafael mewn llyfr am Tarzan, neu archarwr anhygoel?! Ond roedd yn rhaid i'r ddau yma wneud y tro, meddyliodd.

Darllenodd Chwim stori Sali Mali a Jac y Jwc yn uchel, ac yn sydyn trawsnewidiodd Slewjan a Sloj o fod yn adar macáw i fod yn Sali Mali a Jac y Jwc. Allai Chwim ddim credu'r peth.

Doedd gan y jagiwar surbwch ddim syniad beth i'w wneud o'r ddau gymeriad yma ac roedd eu lliwiau llachar yn ei wylltio.

Rhuodd yn uchel, gan neidio amdanyn nhw.

"Rhedwch!!" bloeddiodd Chwim. Brasgamodd y ddau i dywyllwch y silffoedd, a'r jagiwar yn dynn wrth eu sodlau.

Roedd pen Chwim yn troi. Nid yn unig roedd yna jagiwar yn rhedeg ar ôl Sali Mali a Jac y Jwc yn ei llyfrgell hi, ond roedd hi wedi llwyddo i droi plant yr ardal yn fwncïod bach barfog!

Cydiodd yn llyfr Gwernan wrth glywed sgrechfeydd Sali Mali a Jac y Jwc wrth iddyn nhw osgoi'r dannedd miniog, a dechreuodd Chwim ddarllen. Darllenodd yn uchel ac yn gyflym. Gwibiodd ei thafod, byrlymodd y geiriau a thrawsnewidiodd yr anifeiliaid yn anifeiliaid eraill, yn llond jwngwl o greaduriaid!

Cododd gwynt o'r tudalennau wrth i Chwim eu chwipio heibio'i hwyneb. Roedd Sali Mali a Jac y Jwc yn cuddio y tu ôl i silff, a'r jagiwar yn cripian yn dawel amdanyn nhw. Roedd hi'n barod i ruthro am y ddau pan gyrhaeddodd Chwim y geiriau,

"Camodd Gwernan ar fwrdd y llong fechan, gan adael ôl ei throed ar y mwd ar lawr y jwngwl. Hwyliodd i lawr yr afon gan adael yr antur ar ei hôl."

Yn sydyn, fel tasai'r llyfrgell yn sugno'r cyfan i'r cuddfannau tywyll, llyncwyd y jwngwl, a thrawsnewidiodd pawb yn ôl i'w ffurfiau gwreiddiol – yn blant, yn ddyn lolipop, yn lanhawyr ffenestri ac yn arolygydd blin.

9

SYLLODD PAWB AR ei gilydd ac yna ar Chwim. Roedd eiliad o dawelwch llwyr. Yna, bloeddio, a chwerthin a chlapio! Hon oedd y llyfrgell orau yn y byd!!

Allai Chwim ddim credu'r peth. Roedd hyn yn golygu fod ganddi allu hudol y tu mewn iddi wedi'r cyfan. Roedd ei darllen hi'n dod yn fyw go iawn pan oedd hi'n darllen yn uchel. Chwarddodd. Wrth gwrs ei fod o, meddyliodd. Dyna pryd y sylweddolodd ei bod hi'n gwybod hynny'n barod. Roedd hi'n profi'r peth bob tro pan oedd hi'n darllen iddi hi ei hun. Roedd y llyfrau'n dod yn fyw iddi, y bydoedd, y cymeriadau... a hithau'n rhan o'r stori.

Ar ôl y diwrnod rhyfeddol hwnnw, ddaeth Mrs Surbwch byth yn ôl i'r llyfrgell, ac mae'n debyg bod ei 'nodiadau pwysig' wedi cael eu dwyn gan ddwylo bach blewog un o'r mwncïod Tamarin.

Daeth pawb yn y pentref i wybod am allu hudol Chwim, ac am rai dyddiau chafodd Chwim ddim llonydd o gwbwl wrth i bawb ddod i'w gweld a gofyn am gael bod yn gymeriad mewn llyfr. Roedd y swnian a'r ymweliadau wedi mynd yn ormod i Chwim, felly penderfynodd, er mwyn cadw pawb yn hapus, y byddai hi'n trefnu digwyddiad – un parti mawr arbennig lle byddai pawb yn cael bod yn gymeriad o'u hoff lyfr am y dydd. Rhoddodd wybod i bawb y byddai'r diwrnod hwnnw ymhen y mis. Oherwydd hynny, cafodd Chwim y mis prysuraf yn hanes y llyfrgell wrth i bawb heidio yno i ddarllen, er mwyn darganfod eu hoff gymeriad ar gyfer y diwrnod mawr.

Roedd y diwrnod hwnnw yn llwyddiant ysgubol. A phob blwyddyn ers hynny, mae diwrnod *Lledrith yn y Llyfrgell* yn ddigwyddiad pwysig iawn yng nghalendr pentref hudol Llanswyn-ym-Mochrith.

Diwrnod y Llyfr
Hapus!

Fel elusen, ein cenhadaeth, drwy gynnig llyfr, yw rhoi cyfle i bob plentyn a pherson ifanc ddarllen llyfrau a gwirioni arnynt.

Mae pawb yn ddarllenydd – mae hynny'n eich cynnwys chi!

P'un a ydych chi'n mwynhau **comics**, llyfrau ffeithiol, straeon antur, ryseitiau – mae llyfrau i bawb ac mae pob llyfr yn cyfrif.

Ar **Ddiwrnod y Llyfr** mae pawb yn dod at ei gilydd i gael **HWYL** wrth darllen. Mae siarad am lyfrau, a'u rhannu gyda'ch ffrindiau a'ch teulu, yn gwneud darllen hyd yn oed yn fwy cofiadwy a hudolus.

Darlunio gan Allen Fatimaharan © 2021

Mae Diwrnod y Llyfr yn elusen a noddir gan National Book Tokens.
Mae Llywodraeth Cymru yn cefnogi'r ymgyrch yng Nghymru.